Los vientos
que
cantaron

우리가
노래했던 바람

Los vientos que cantaron: antología de poesía colombiana

by León de Greiff, Aurelio Arturo, Meira Delmar, Maruja Vieira, Mario
Rivero, Giovanni Quessep, María Mercedes Carranza, Darío Jaramillo
Agudelo, Piedad Bonnett, Rómulo Bustos Aguirre, William Ospina and Fredy
Chikangana

This title is published with the support of the Colombian Ministry of Culture.

Los
vientos
que
cantaron

우리가
노래했던 바람

레온 데 그레이프 외 지음
송병선 옮김

사회평론

차례

레온 데 그레이프

León de Greiff(1895~1976)

20세기 콜롬비아에서 가장 뛰어난 시인 중의 한 명으로, 문예지『목신의 시인』과『새로운 작가들』을 발행한 문학 그룹의 일원이었다. 주요 시집으로『얼버무림』(1925),『기호의 책』(1930),『무에 관한 변주곡』(1936),『잡동사니』(1954),『역설적인 범선』(1957),『신구新舊』(1973)가 있다.

Relato de Sergio Stepansky

> *Juego mi vida!*
> *Bien poco valía!*
> *La llevo perdida*
> *sin remedio!*
> —ERIK FJORDSON

Juego mi vida, cambio mi vida.

De todos modos

la llevo perdida...

Y la juego o la cambio por el más infantil espejismo,

la dono en usufructo, o la regalo...

La juego contra uno o contra todos,

la juego contra el cero o contra el infinito,

세르히오 스테판스키*의 이야기

> 난 인생을 건다!
> 그건 별 가치 없거든!
> 나는 인생을 망쳤고
> 더는 가망 없어!
> ─에릭 피오르드손

나는 내 인생을 걸고, 내 인생을 바꾼다.
손쓸 수 없이
망친 인생이니까…

나는 내 인생을 걸거나 가장 유치한 덧없는 희망과 바꾸고,
그걸 기증해 사용하게 하거나 선물하고…

나는 1 혹은 모든 숫자에 맞서 인생을 걸고,
나는 0 혹은 무한한 숫자에 맞서 인생을 걸고,

---

* 세르히오 스테판스키, 에릭 피오르드손은 시인 레온 데 그레이프가 사용한
많은 필명 중의 하나이다.

la juego en una alcoba, en el ágora, en un garito,

en una encrucijada, en una barricada, en un motín;

la juego definitivamente, desde el principio hasta el fin,

a todo lo ancho y a todo lo hondo

−en la periferia, en el medio,

y en el sub-fondo… −

Juego mi vida, cambio mi vida,

la llevo perdida

sin remedio.

Y la juego, −o la cambio por el más infantil espejismo,

la dono en usufructo, o la regalo…:

o la trueco por una sonrisa y cuatro besos:

todo, todo me da lo mismo:

lo eximio y lo ruin, lo trivial, lo perfecto, lo malo…

침실에서, 광장에서, 도박장에서,
교차로에서, 전장에서, 폭동에서 인생을 건다.
단호하게 나는 인생을 건다, 처음부터 끝까지,
최대한 넓게 그리고 최대한 깊게
주변에서, 정중앙에서,
그리고 바닥 밑에서…

나는 내 인생을 걸고, 내 인생을 바꾼다.
손쓸 수 없이
망친 인생이니까.

나는 인생을 건다. 혹은 가장 유치한 덧없는 희망과 바꾸고,
그걸 기증해 사용하게 하거나 선물하고…
또는 하나의 미소와 네 번의 키스와 맞바꾼다.
모든 게, 모든 게 내게는 똑같다.
뛰어난 것과 천한 것, 하찮은 것, 완벽한 것, 나쁜 것 모두…

Todo, todo me da lo mismo:

todo me cabe en el diminuto, hórrido abismo

donde se anudan serpentinos mis sesos.

Cambio mi vida por lámparas viejas

o por los dados con los que se jugó la túnica inconsútil:

−por lo más anodino, por lo más obvio, por lo más fútil:

por los colgajos que se guinda en las orejas

la simiesca mulata,

la terracota Nubia,

la pálida morena, la amarilla oriental, o la hiperbórea

rubia:

cambio mi vida por un anillo de hojalata

o por la espada de Sigmundo,

모든 게, 모든 게 내게는 똑같다.

모든 게 나의 아주 작고 무서운 심연에 들어간다.

그곳은 내 뇌가 뱀처럼 매듭지어진 곳.

나는 내 인생을 낡은 등불과 바꾼다.

혹은 이음매 없는 튜닉을 걸고 던졌던 주사위,

가장 따분한 것, 가장 분명한 것, 가장 하찮은 것과 바꾼다.

유인원 물라토 여인이,

누비아의 테라코타 같은 피부의 여인이

귀에 매단 쪼가리 천과

그리고 이 천과 까무잡잡한 핼쑥한 여인, 동양의 황인종 여인,

혹은 북방 정토의 금발 여인의 것과.

나는 내 인생을 양철 반지와 바꾼다.

o por el mundo

que tenía en los dedos Carlomagno: –para echar a rodar

la bola…

Cambio mi vida por la cándida aureola

del idiota o del santo;

la cambio por el collar

que le pintaron al gordo Capeto;

o por la ducha rígida que le llovió en la nuca

a Carlos de Inglaterra;

la cambio por un romance, la cambio por un soneto;

por once gatos de Angora,

por una copla, por una saeta,

혹은 시그문드*의 칼과

또는 샤를마뉴가 굴려 보려고 손 위에 들고 있던 천체

와…

나는 내 인생을 바보 혹은 성인의

악의 없는 후광과 바꾼다.

　　　　　　　뚱뚱한 카페**를 그릴 때 걸게 했던

목걸이와 바꾼다.

또는 영국 찰스 1세의 목덜미로

비 오듯 떨어진 단단한 샤워 물과.

내 인생을 모험담과 바꾼다. 한 편의 소네트와 바꾼다.

열한 마리의 터키 앙고라 고양이,

한 편의 민요, 성주간에 부르는 한 편의 성가,

---

* 북유럽 신화의 유명한 영웅이자 명검 그람의 첫 번째 주인.
** 위그 카페Hugues Capet(938~996). 로베르가家에서 나온 프랑스의 왕이자
카페 왕조의 개창자.

por un cantar;

por una baraja incompleta;

por una faca, por una pipa, por una sambuca...

o por esa muñeca que llora

como cualquier poeta.

Cambio mi vida −al fiado− por una fábrica de

crepúsculos

    (con arreboles);

                por un gorila de Borneo;

por dos panteras de Sumatra;

por las perlas que se bebió la cetrina Cleopatra −

o por su naricilla que está en algún Museo;

cambio mi vida por lámparas viejas,

o por la escala de Jacob, o por su plato de lentejas...

한 편의 노래,

불완전한 카드 한 벌,

대검, 담뱃대, 고대 하프와 바꾸고…

또는 모든 시인처럼

눈물 흘리는 인형과.

나는 내 인생을—외상으로—석양을 만드는 공장과 바
꾼다

(붉은 저녁노을과 더불어).

                    보르네오의 고릴라와,

두 마리의 수마트라 표범과,

창백한 클레오파트라가 마신 진주와,

혹은 어느 박물관에 있을 그녀의 작은 코와,

나는 내 인생을 낡은 등불과 바꾼다.

혹은 야곱의 사다리, 또는 그의 렌즈콩 요리와…

¡o por dos huequecillos minúsculos

—en las sienes— por donde se me fugue, en gríseas podres,

toda la hartura, todo el fastidio, todo el horror que almaceno en mis odres…!

Juego mi vida, cambio mi vida.

De todos modos

la llevo perdida…

혹은 아주 자그마한 두 개의 구멍과

  —내 관자놀이에서—흘러나오는 잿빛을 띤 썩은
고름,

  모든 권태, 모든 지루함, 내 술 자루에 보관하는 모든 혐
오와…!

  나는 내 인생을 걸고, 내 인생을 바꾼다.

  손쓸 수 없이

  망친 인생이니까…

아우렐리오 아르투로

Aurelio Arturo(1906~1974)

약 70여 편의 시만 남겼지만, 20세기 가장 중요한 콜롬비아 시인으로 평가받는다. 1945년에 시 「남쪽의 집」을 콜롬비아 국립대학의 잡지에 게재하여 널리 이름을 알렸다. 1963년에 콜롬비아 교육부에서 이 시를 표제작으로 시집을 출간했는데, 이 시집이 그의 유일한 시집이 되었으며, 이 시집으로 콜롬비아 언어 아카데미가 수여하는 기예르모 발렌시아 국가 시문학상을 받았다.

Morada al Sur

I

En las noches mestizas que subían de la hierba,

jóvenes caballos, sombras curvas, brillantes,

estremecían la tierra con su casco de bronce.

Negras estrellas sonreían en la sombra con dientes de oro.

Después, de entre grandes hojas, salía lento el mundo.

La ancha tierra siempre cubierta con pieles de soles,

(Reyes habían ardido, reinas blancas, blandas,

sepultadas dentro de árboles gemían aún en la espesura).

Miraba el paisaje, sus ojos verdes, cándidos.

Una vaca sola, llena de grandes manchas,

revolcada en la noche de luna, cuando la luna sesga,

es como el pájaro toche en la rama, "llamita", "manzana

남쪽의 집

I

풀 냄새 뒤섞여 올라오던 밤이면,
어린 말들, 반짝이는 구부러진 그림자들,
청동 헬멧을 쓰고 대지를 흔들었다.
시커먼 별들은 금니의 어둠 속에서 미소 지었다.

그러자, 커다란 잎사귀 사이로, 천천히 세상이 나타났다.
항상 태양의 피부로 뒤덮인 드넓은 대지,
(왕들은 불타고, 희고 부드러운 왕비들은
나무에 파묻혀 아직도 녹음 속에서 신음하고 있었다).

초록색의 순수한 눈, 경치를 바라보았다.
달 뜬 밤에 엎어져 있는 커다란 얼룩이
가득한 암소 한 마리, 달이 비스듬히 기울 때면,
나뭇가지 위의 꼬리 붉은 검은 새, '작은 불꽃', '꿀사과'

de miel".

El agua límpida, de vastos cielos, doméstica se arrulla.

Pero ya en la represa, salta la bella fuerza,

con majestad de vacada que rebasa los pastales.

Y un ala verde, tímida, levanta toda la llanura.

El viento viene, viene vestido de follajes,

y se detiene y duda ante las puertas grandes,

abiertas a las salas, a los patios, las trojes.

Y se duerme en el viejo portal donde el silencio

es un maduro gajo de fragantes nostalgias.

Al mediodía la luz fluye de esa naranja,

en el centro del patio que barrieron los criados.

(El más viejo de ellos en el suelo sentado,

같다.

광활한 하늘의 맑은 물이 집 안에서 자장가를 부른다.
하지만 이미 둑에서는 목초지를 뛰어넘는 소 떼처럼
장엄하게, 아름다운 힘이 뛰어오른다.
수줍은 초록색 날개 하나가 온 평야를 들어 올린다.

바람은 잎사귀를 두르고서 오고, 또 와서
멈추더니, 거실과 마당과 곳간으로 열린
커다란 문 앞에서 머뭇거린다.
그리고 오래된 문간방에서 잠이 든다. 그곳에서 침묵은
향기로운 향수鄕愁가 가득한 잎 떨군 여문 가지.

한낮에 햇빛이 그 오렌지 나무에서 흘러나온다.
하인들이 쓸던 마당 한가운데서.
(땅바닥에 앉아 있는 가장 늙은 하인,

su sueño, mosca zumbante sobre su frente lenta).

No todo era rudeza, un áureo hilo de ensueño

se enredaba a la pulpa de mis encantamientos.

Y si al norte el viejo bosque tiene un tic-tac profundo,

al sur el curvo viento trae franjas de aroma.

(Yo miro las montañas. Sobre los largos muslos

de la nodriza, el sueño me alarga los cabellos).

II

Y aquí principia, en este torso de árbol,

en este umbral pulido por tantos pasos muertos,

la casa grande entre sus frescos ramos.

En sus rincones ángeles de sombra y de secreto.

그의 꿈, 그의 이마 위로 느릿느릿 윙윙거리는 파리).

모든 게 투박하지는 않았다. 몽상의 금빛 실이
내 매혹의 과육에 감겨 붙었다.
북쪽으로 오래된 숲이 깊게 탁탁 소리를 가져오면,
남쪽으로 굽이치는 바람이 향이 나는 리본을 싣고 온다.

(나는 산을 바라본다. 유모의 긴 허벅지 위로,
꿈이 내 머리카락을 길게 늘어뜨린다).

II

그리고 여기서, 이 나무 몸통에서, 수많은
죽은 발자국으로 닳아 버린 이 문턱에서
시원한 나뭇가지 사이에서 커다란 집이 시작된다.
구석구석마다 어둠과 비밀의 천사들이 있는 곳.

En esas cámaras yo vi la faz de la luz pura.

Pero cuando las sombras las poblaban de musgos,

allí, mimosa y cauta, ponía entre mis manos,

sus lunas más hermosas la noche de las fábulas.

***

Entre años, entre árboles, circuida

por un vuelo de pájaros, guirnalda cuidadosa,

casa grande, blanco muro, piedra y ricas maderas,

a la orilla de este verde tumbo, de este oleaje poderoso.

En el umbral de roble demoraba,

hacía ya mucho tiempo, mucho tiempo marchito,

el alto grupo de hombres entre sombras oblicuas,

그 방에서 나는 순수한 빛의 얼굴을 보았다.
그러나 어둠이 이끼로 그 방들을 가득 채우자,
거기서, 이야기의 밤이 어리광 부리며 조심스럽게
가장 아름다운 자기의 달들을 내 손에 놓았다.

***

세월 속에서, 나무 속에서, 커다란 집은
날아오르는 새들에 둘러싸인다.
이 초록의 너울거림, 이 힘센 물결의 언저리에서
공들여 만든 꽃 장식, 하얀 벽, 돌과 멋진 목재들도.

떡갈나무 입구에서 머뭇거렸다.
이미 오래전부터, 시들어 버린 오래전의 시간부터,
사악한 그림자들 속에서 훌륭한 사람들이 회상으로 불

demoraba entre el humo lento alumbrado de

remembranzas:

Oh voces manchadas del tenaz paisaje, llenas

del ruido de tan hermosos caballos que galopan bajo

asombrosas ramas.

Yo subí a las montañas, también hechas de sueños,

yo subí, yo subí a las montañas donde un grito

persiste entre las alas de palomas salvajes.

***

Te hablo de días circuidos por los más finos árboles:

te hablo de las vastas noches alumbradas

por una estrella de menta que enciende toda sangre:

밝힌

　천천히 올라오는 연기 속에서 머뭇거렸다.

　아, 잊을 수 없는 풍경으로 얼룩진 목소리여, 놀라운
　나뭇가지 아래로 달리는 너무나 아름다운 말들의 소리
로 가득한 목소리여.

　나는 산으로 올라갔다. 그것 역시 꿈으로 이루어진 것들,
　나는 올라갔다, 산으로 올라갔다. 야생 비둘기
　날개 속에서의 외침이 끊이지 않는 곳으로.

　***

　나는 가장 멋진 나무들로 에워싸인 시절을 말한다.
　나는 모든 피를 타오르게 하는 박하 색의 별이
　끝없이 광활한 불 밝힌 밤에 대해 말한다.

te hablo de la sangre que canta como una gota solitaria

que cae eternamente en la sombra, encendida:

te hablo de un bosque extasiado que existe

sólo para el oído, y que en el fondo de las noches pulsa

violas, arpas, laúdes y lluvias sempiternas.

Te hablo también: entre maderas, entre resinas,

entre millares de hojas inquietas, de una sola

hoja:

pequeña mancha verde, de lozanía, de gracia,

hoja sola en que vibran los vientos que corrieron

por los bellos países donde el verde es de todos los

colores,

나는 피에 대해 말한다. 그것은 타오른 채
영원히 어둠으로 떨어지는 고독한 한 방울처럼 노래한다.

나는 황홀한 숲에 대해 말한다. 그것은 귀만을 위해
존재하고, 밤의 저편에서
비올라, 하프, 라우드, 그리고 영원한 비를 켠다.

나는 또한 말한다. 목재 속에서, 나뭇진 속에서,
흔들리는 수천 개의 잎사귀 속에서, 단 한 장의
잎에 대해.

자그마한 초록색 얼룩, 싱싱하고 우아한
한 장의 잎, 그 안에서 바람이 흔들린다.
아름다운 나라로 쫓아간 바람이. 초록색이 모든 색깔인
나라로,

los vientos que cantaron por los países de Colombia.

Te hablo de noches dulces, junto a los manantiales,
junto a cielos,
que tiemblan temerosos entre alas azules:
te hablo de una voz que me es brisa constante,
en mi canción moviendo toda palabra mía,
como ese aliento que toda hoja mueve en el sur, tan
dulcemente,
toda hoja, noche y día, suavemente en el sur.

III

En el umbral de roble demoraba,
hacía ya mucho tiempo, mucho tiempo marchito,
un viento ya sin fuerza, un viento remansado

콜롬비아의 모든 지역을 다니며 노래한 그 바람이.

나는 달콤한 밤에 대해 말한다. 샘 옆에서, 파란 날개
사이로
무서워 벌벌 떠는 하늘 옆에서.
나는 목소리에 대해 말한다. 내게 그건 영원한 산들바람,
나의 노래에서 바람의 숨결은 내 모든 말을 움직이고,
그 숨결처럼 모든 잎사귀가 너무나 즐겁게 남쪽에서 살
랑거린다.
모든 잎사귀가 밤낮으로 남쪽에서 부드럽게.

III

떡갈나무 입구에서 머뭇거렸다.
이미 오래전부터, 시들어 버린 오래전의 시간부터,
이제는 힘없는 바람, 물이 괸 바람이,

que repetía una yerba antigua, hasta el cansancio.

Y yo volvía, volvía por los largos recintos
que tardara quince años en recorrer, volvía.

Y hacia la mitad de mi canto me detuve temblando,
temblando temeroso, con un pie en una cámara
hechizada, y el otro a la orilla del valle
donde hierve la noche estrellada, la noche
que arde vorazmente en una llama tácita.

Y a la mitad del camino de mi canto temblando
me detuve, y no tiembla entre sus alas rotas,
con tanta angustia, una ave que agoniza, cual pudo,
mi corazón luchando entre cielos atroces.

고대의 풀이 지칠 때까지 반복했던 바람이.

그리고 나는 돌아왔다, 길고 커다란 곳으로 돌아왔다.
돌아다니는 데만 15년이 걸릴 그곳으로, 돌아왔다.

그리고 노래를 부르다가 나는 떨면서 멈추었다.
두려워 떨었다. 한 발은 마법에 걸린 방에,
또 한 발은 계곡 언저리에 놓았다.
거기는 별이 총총한 밤이 끓어오르는 곳,
밤이 말 없는 불꽃 속에서 탐욕스럽게 불타는 곳.

그리고 노래가 가는 길 중간에 나는 떨면서 멈추었다.
그런데 부러진 날개 사이로 너무 고통스러워하면서도
떨지 않는다, 죽음으로 신음하는 한 마리 새가.
아마도 그건 잔인한 하늘들 사이에서 싸우는 내 마음.

IV

Duerme ahora en la cámara de la lanza rota en las batallas.

Manos de cera vuelan sobre tu frente donde murmuran las abejas doradas de la fiebre, duerme.

El río sube por los arbustos, por las lianas, se acerca, y su voz es tan vasta y su voz es tan llena.

Y le dices, repites: ¿Eres mi padre? Llenas el mundo de tu aliento saludable, llenas la atmósfera.

– Soy el profundo río de los mantos suntuosos.

Duerme quince años fulgentes, la noche ya ha cosido suavemente tus párpados, como dos hojas más, a su follaje negro.

***

IV

이제는 전쟁터에서 부러져 버린 창의 방에서 고히 잠이 든다.

밀랍 손이 네 이마 위로 날아다니고, 그곳에서는 고열로 금빛이 된 벌들이 조용히 날아다니고, 그는 잠잔다.

강물은 관목으로, 칡 사이로 올라오고, 다가온다.

그 목소리는 너무 광막하고, 그 목소리는 너무 가득하다.

넌 그에게 말하고 또 말한다. 당신은 내 아버지? 넌 건강한 숨결로 세상을 가득 채우고, 대기를 가득 채운다.

'나는 화려한 망토의 깊은 강이다.'

그는 빛나는 15년 동안 잠잔다. 밤은 이미 당신의 눈꺼풀을 두 장의 잎사귀처럼 부드럽게 그의 검은 잎사귀에 꿰맸다.

***

No eran jardines, no eran atmósferas delirantes. Tú te acuerdas

de esa tierra protegida por una ala perpetua de palomas.

Tantas, tantas mujeres bellas, fuertes, no, no eran

brisas visibles, no eran aromas palpables, la luz que venía

con tan cambiantes trajes, entre linos, entre rosas ardientes.

¿Era tu dulce tierra cantando, tu carne milagrosa, tu sangre?

***

Todos los cedros callan, todos los robles callan.

Y junto al árbol rojo donde el cielo se posa,

정원이 아니었고, 혼몽한 분위기도 아니었다. 너는 비둘기의

　영원한 한쪽 날개가 보호한 이 땅을 기억한다.

　너무, 너무 많은 아름답고 강인한 여자들, 아니, 그들은

　눈에 보이는 산들바람이 아니었고, 분명한 향기도 아니었다. 그건

　리넨 사이로, 뜨거운 장미 사이로, 너무나 변화무쌍한 옷에서 오는 빛.

　그대의 상냥한 땅이 노래하는 것이었나? 그대 기적의 살, 그대의 피였나?

　***

　모든 삼나무가 입을 다물고, 모든 떡갈나무가 입을 다문다.

　하늘이 자리 잡은 붉은 나무 옆에,

hay un caballo negro con soles en las ancas,

y en cuyo ojo líquido habita una centella.

Hay un caballo, el mío, y oigo una voz que dice:

"Es el potro más bello en tierras de tu padre".

***

En el umbral gastado persiste un viento fiel,

repitiendo una sílaba que brilla por instantes.

Una hoja fina aún lleva su delgada frescura

de un extremo a otro extremo del año.

"Torna, torna a esta tierra donde es dulce la vida".

V

He escrito un viento, un soplo vivo

궁둥이에 햇빛이 새겨진 검은 말이 있고,
그 말의 눈물 흐르는 눈에는 섬광이 있다.
한 마리 말이, 내 말이 있고, 나는 목소리를 듣는다.
"네 아버지의 땅에서 가장 멋있는 어린 말이다."

***

닳고 닳은 문간에는 정직한 바람이 계속 불면서
한 음절을 반복하고, 그 말이 순간적으로 반짝인다.
얇은 잎사귀는 그해의 시작부터 끝까지
여전히 은은한 신선함을 유지한다.
"돌아와, 이 땅으로 돌아와, 인생이 달콤한 이곳으로."

V

나는 바람을 썼다. 향내 속의,

del viento entre fragancias, entre hierbas

mágicas; he narrado

el viento; sólo un poco de viento.

Noche, sombra hasta el fin, entre las secas

ramas, entre follajes, nidos rotos −entre años−

rebrillaban las lunas de cáscara de huevo,

las grandes lunas llenas de silencio y de espanto.

마법의 풀 속의 생생한
한 줄기의 바람. 나는 바람을
썼다. 단지 바람의 일부만을.

밤, 끝까지 드리워진 그림자, 마른 나뭇가지 사이로,
잎사귀 사이로, 부서진 둥지 사이로, 수없은 세월 사이로,
달걀 껍데기의 달들이, 침묵과 공포의
커다란 보름달들이 반짝이고 또 반짝인다.

메이라 델마르

Meira Delmar(1922~2009)

본명은 올가 이사벨 참스 엘하츠Olga Isabel Chams Eljach. 주요 시집으로
『망각의 여명』(1942), 『사랑의 장소』(1944), 『꿈의 진실』(1946), 『비
밀의 섬』(1951), 『재회』(1981), 『기억력 좋은 류트』(1995), 『누군가
지나가네』(1998), 『과거로의 여행』(2003)이 있다. 1995년 안티오키
아 대학에서 그의 업적을 인정하여 국가 시문학상을 수여했다.

Raíz antigua

No es de ahora este amor.

No es en nosotros
donde empieza a sentirse enamorado
este amor, por amor, que nada espera.
Este vago misterio que nos vuelve
habitantes de niebla entre los otros.
Este desposeído
amor, sin tardes que nos miren juntos
a través de los trigos derramados
como un viento de oro por la tierra;
este extraño
amor,
de frío y llama,
de nieve y sol, que nos tomó la vida,
aleve, sigiloso, a espaldas nuestras,

오래된 뿌리

이 사랑은 지금에서 비롯되지 않는다.

그것은 우리 안에, 사랑에 빠졌다고
느끼기 시작하는 곳에 있지 않다.
아무것도 바라지 않는 사랑을 위한 이 사랑.
우리를 다른 사람들 사이에서 안개의 거주자로
만드는 이 모호한 신비.
이 쫓겨나고 빼앗긴
사랑, 대지를 가로지르는 황금 바람처럼,
이제는 흩뿌린 밀 잎사귀 사이로,
그 어느 저녁에도 우리가 함께 있는 모습을 볼 수 없다.
이 이상한
사랑,
추위와 불꽃으로, 우리의 삶을 접수한
눈과 태양으로 만들어진 이 사랑,
우리 등 뒤에서 배신하는 비밀스러운 존재,

en tanto que tú y yo, los distraídos,

mirábamos pasar nubes y rosas

en el torrente azul de la mañana.

No es de ahora, No.

De lejos viene

−de un silencio de siglos,

de un instante

en que tuvimos otro nombre y otra

sangre fugaz nos inundó las venas−

este amor, por amor,

este sollozo

donde estamos perdidos en querernos

como en un laberinto iluminado.

너와 나뿐 아니라, 한눈파는 사람들도,
우리는 구름이 지나가는 것을 보고, 아침의
푸른 하늘색 급류 속에서 장미를 보았다.

이 사랑은 지금에서 비롯되지 않는다. 아니다.
그것은 저 멀리서 온다.
수백 년의 침묵에서,
우리가 또 다른 이름을 가졌고, 또 다른
덧없는 피가 우리 혈관에서 넘쳐흐르는
순간에서 비롯된다,
사랑을 위한 이 사랑,
이 흐느낌,
바로 우리가 불 켜진 미로에 있는 것처럼,
서로 미친 듯이 원하는 곳.

마루하 비에이라

Maruja Vieira(1922~)

본명은 마리아 비에이라 화이트María Vieira White. '마루하 비에이라'
는 파블로 네루다가 지어 준 필명이다. 대표 시집으로는 『비의 종루』
(1947), 『1월의 시』(1951), 『시』(1951), 『부재의 말』(1953), 『평화로
운 도시』(1955), 『최소한의 관문』(1965), 『나 자신의 말』(1986), 『살
아갈 시간』(1992), 『사랑의 그림자』(1998), 『모든 사랑』(2001), 『부
재의 이름』(2006), 『나의 모든 것』(2008) 등이 있다. 2012년 콜롬비
아 문화부는 작가의 문학적 업적을 높이 평가하여 '삶과 작품' 국가
문학상을 수여했다.

Breve poema del encuentro

Me detengo a la orilla de la tarde

y busco las palabras olvidadas,

los antiguos colores de la tierra,

la huella luminosa de los árboles.

Estás aquí, sonríes a mi lado

bajo la rama azul que se deshace

en un pequeño cielo caminante.

Otra rama, de oro,

está en mi mano.

Hablo contigo como siempre,

cálidas, amorosas,

las sílabas desgranan

un lento manantial de agua tranquila

sobre el silencio de la piedra blanca.

짧은 만남의 시

나는 저녁 언저리에 멈추어
잊어버린 단어들,
대지의 옛 색깔들,
나무의 빛나는 흔적들을 찾는다.

너는 여기에 있고, 내 옆에서 미소 짓는다,
천천히 움직이는 조그만 하늘에서
떨어지는 파란 나뭇가지 아래서.
또 다른 나뭇가지, 황금 나뭇가지가
내 손에 있다.

난 언제나처럼 너와 말한다,
뜨겁고, 사랑스러운
말들이 하얀 돌의 침묵 위로
조용히, 천천히 흐르는 샘물을
타작한다.

마리오 리베로

Mario Rivero(1935~2009)

아우렐리오 아르투로와 함께 시 잡지 『주사위 던지기』를 창간했다. 주요 시집으로 『도시의 시』(1963), 『호외 67』(1967), 『그리고 난 아직 살고 있다』(1972), 『이름을 말하지 말아야 하는 몇 가지에 대한 발라드』(1973), 『겨울의 시』(1985), 『내 문제들』(1986), 『다시 거리로 돌아간다』(1989), 『사랑과 그 흔적에 대해』(1992), 『슬픔의 꽃』(1998), 『마음이란 것』(1999), 『다섯 번째 참회의 시』(1999), 『새들의 발라드』(2001), 『위대한 부인의 발라드』(2008), 『야간 여행』(2008) 등이 있다. 2001년에 '호세 아순시온 실바' 국가 시문학상과 콜롬비아 문화부에서 대훈장을 받았다.

El legado

Si en algún mundo extraño del año 3000

uno como yo viviera

esto es lo que salvaría para él

—antes de que se me escape, aprisa

de todo lo que tuve en la tierra…

Aquella primera madrugada que abrió su párpado rosa

sobre los dos en 1960

Un disco: "Strangers in the night" cantado por Sinatra

con su voz turbia, amanecida

La última foto de Guevara muerto sobre la alberca en

Camirí

con su tenue sonrisa de todo-está-perdido

2 ó 3 cantos de Anacreonte —porque son locura—

El rojo y el verde los colores por los cuales según Van

Gogh

유산

3000년의 어느 이상한 세상에

나 같은 누군가가 산다면

이것이 그를 구원할 것이다

내게서 빠져나가기 전이라면

급히 내가 이 땅에서 가졌던 모든 것에서…

1960년 두 사람 위로

장밋빛 눈꺼풀을 뜨던 그 첫 새벽

어느 음반: 〈스트레인저스 인 더 나이트〉 시나트라 노래

새벽의 탁한 목소리로

카미리의 어느 세탁조에서 죽음을 맞이한 게바라의 마

지막 사진

모든 걸 잃었다는 은은한 미소를 지으며

아나크레온의 두세 개의 노래, 그건 미친 짓이니까

빨간색과 초록색,

고흐에 따르면, 그것은

se podría cometer un crimen

El olor picante de leña en la chimenea

la música de un organillo callejero

un gato que se despereza

y el fragor de este oleaje que rompe contra la arena

muda

Si en algún mundo extraño del año 3000

otro como yo viviera

esto es lo que salvaría para él

de todo lo que tuve en la tierra…

범죄를 저지를 수도 있는 색깔들

벽난로 땔감의 매운 냄새

길거리 손풍금의 음악

기지개 켜는 고양이

그리고 말 없는 모래에 부딪혀 부서지는 이 파도의

굉음

　　　3000년의 어느 이상한 세상에

　　　나 같은 또 다른 사람이 산다면

　　　이것이 그를 구원할 것이다

　　　내가 이 땅에서 가졌던 모든 것에서…

지오반니 케세프

Giovanni Quessep(1939~)

19세기 말 오스만 제국의 박해를 피해 이주한 레바논 혈통의 시인. 보고타의 하베리아나 대학에서 철학과 문학을 공부했으며, 이탈리아에서 현대 문학을 공부했다. 주요 작품으로『존재는 우화가 아니다』(1968),『지속과 전설』(1972),『이방인의 노래』(1976),『삶과 죽음의 소야곡』(1978),『전주곡』(1980),『멀린의 죽음』(1985),『정원과 사막』(1993),『상상의 편지』(1998),『별 없는 대기』(2000),『달의 숯불』(2004),『무녀의 이파리』(2007),『침묵의 예술가』(2012),『드러난 심연』 등이 있다. 2004년에 '호세 아순시온 실바' 국가 시문학상을 받았으며, 2007년에는 안티오키아 대학이 수여하는 국가 시문학상을 받았다.

Canto del extranjero

Penumbra de castillo por el sueño

Torre de Claudia aléjame la ausencia

Penumbra del amor en sombra de agua

Blancura lenta

Dime el secreto de tu voz oculta

La fábula que tejes y destejes

Dormida apenas por la voz del hada

Blanca Penélope

Cómo entrar a tu reino si has cerrado

La puerta del jardín y te vigilas

En tu noche se pierde el extranjero

Blancura de isla

Pero hay alguien que viene por el bosque

이방인의 노래

꿈을 가로지르는 성의 어두움
클라우디아의 탑 내게서 부재를 떨쳐 주오
물의 그림자에 드리운 사랑의 어두움
천천히 움직이는 하얀 여인이여

숨겨진 당신 목소리의 비밀을 말해 주오
당신이 짜고 또 푸는 이야기를
요정의 목소리로 겨우 잠든
하얀 페넬로페여

당신이 정원의 문을 걸어 잠근 채 경계하는데
어떻게 당신의 왕국에 들어가겠소
당신의 밤 속에서 이방인은 길을 잃는다오
섬의 희디흰 여인이여

숲으로 누군가가 오고 있소

De alados ciervos y extranjera luna

Isla de Claudia para tanta pena

Viene en tu busca

Cuento de lo real donde las manos

Abren el fruto que olvidó la muerte

Si un hilo de leyenda es el recuerdo

Bella durmiente

La víspera del tiempo a tus orillas

Tiempo de Claudia aléjame la noche

Cómo entrar a tu reino si clausuras

La blanca torre

Pero hay un caminante en la palabra

Ciega canción que vuela hacia el encanto

날개 달린 사슴들과 이국의 달이 있는 곳으로
너무나 슬프게도 그건 클라우디아의 섬
그것이 당신을 찾아온다오

두 손으로 죽음을 잊어버린
과일을 쪼개는 실제 이야기
전설의 실 한 올이 기억이라면
잠자는 미녀여

당신의 기슭으로 가기 전날
클라우디아의 시간, 내게서 밤을 떨쳐 주오
당신이 하얀 탑을 닫는다면
어떻게 당신의 왕국에 들어가겠소

그러나 말속에 한 여행자가 있소
분별없는 노래, 그것은 마법을 향해 날아가오

Dónde ocultar su voz para tu cuerpo

Nave volando

Nave y castillo es él en tu memoria

El mar de vino príncipe abolido

Cuerpo de Claudia pero al fin ventana

Del paraíso

Si pronuncia tu nombre ante las piedras

Te mueve el esplendor y en él derivas

Hacia otro reino y un país te envuelve

La maravilla

¿Qué es esta voz despierta por tu sueño?

¿La historia del jardín que se repite?

¿Dónde tu cuerpo junto a qué penumbra

그의 목소리를 당신 육체의 어딘가에 숨기오

날아가는 배여

배와 성은 당신 기억 속의 그 사람

포도주의 바다 폐위된 왕자

클라우디아의 몸 하지만 마침내

천국의 창문

그가 돌 앞에서 당신 이름 부르면

광채가 당신을 움직이고, 그 안에서 당신은 길을 벗어나

다른 왕국과 나라로 향하고 당신을 에워싸는

경이로움

당신 꿈으로 깨어난 이 목소리는 무엇이오?

끝없이 반복되는 정원 이야기요?

어두움과 함께 있다는 당신의 몸

Vas en declive?

Ya te olvidas Penélope del agua

Bella durmiente de tu luna antigua

Y hacia otra forma vas en el espejo

Perfil de Alicia

Dime el secreto de esta rosa o nunca

Que guardan el león y el unicornio

El extranjero asciende a tu colina

Siempre más solo

Maravilloso cuerpo te deshaces

Y el cielo es tu fluir en lo contado

Sombra de algún azul de quien te sigue

Manos y labios

당신은 몰락한 몸으로 어디를 가오?

당신은 이미 물의 페넬로페를 잊었소
당신의 오래된 명경明鏡 속의 잠자는 미녀
당신은 거울 속에서 다른 모습을 취하려고 하오
바로 앨리스의 옆모습

이 장미의 비밀을 말해 주오, 아니면 절대 말하지 마오
사자와 일각수가 간직한 그 비밀을
이방인은 당신의 언덕으로 올라가오
항상 가장 외롭게

당신의 환상적인 몸은 무너지고
하늘은 이야기 속의 당신 액체
당신을 쫓는 어떤 파란색의 그림자
손과 입술

Los pasos en el alba se repiten

Vuelves a la canción tú misma cantas

Penumbra de castillo en el comienzo

Cuando las hadas

A través de mi mano por tu cauce

Discurre un desolado laberinto

Perdida fábula de amor te llama

Desde el olvido

Y el poeta te nombra sí la múltiple

Penélope o Alicia para siempre

El jardín o el espejo el mar de vino

Claudia que vuelve

새벽 발걸음은 반복되고

당신 스스로 부른 노래로 당신은 되돌아온다오

처음에는 성의 어두움

요정이 있을 때

내 손을 통해 당신 수로를 통해

쓸쓸한 미로는 흐른다오

잃어버린 사랑의 이야기가 당신을 부르오

망각에서부터

그렇소, 시인은 당신을 다수의 여인이라 부르오

항상 페넬로페나 앨리스로

정원 또는 거울, 포도주의 바다

클라우디아가 돌아가는 곳

Escucha al que desciende por el bosque

De alados ciervos y extranjera luna

Toca tus manos y a tu cuerpo eleva

La rosa púrpura

¿De qué país de dónde de qué tiempo

Viene su voz la historia que te canta?

Nave de Claudia acércame a tu orilla

Dile que lo amas

Torre de Claudia aléjale el olvido

Blancura azul la hora de la muerte

Jardín de Claudia como por el cielo

Claudia celeste

Nave y castillo es él en tu memoria

숲으로 내려오는 사람의 말을 들으시오
날개 달린 사슴들과 이국의 달이 있는 곳으로
그는 당신 손을 만지고 당신 몸을 들어 올린다오
보라색 장미여

어느 나라에서 어디에서 언제
그의 목소리가 당신에게 노래하는 이야기가 들려오오?
클라우디아의 배 나를 당신의 기슭으로 더 데려가 주오
그에게 사랑한다고 말해 주오

클라우디아의 탑이여 그에게서 망각을 떨쳐 주오
죽음의 시간에 푸른색이 감도는 하얀 여인이여
클라우디아의 정원 하늘로 가듯이
천상의 클라우디아

배와 성은 당신 기억 속의 그

El mar de nuevo príncipe abolido

Cuerpo de Claudia pero al fin ventana

Del paraíso

폐위된 새 왕자의 바다

클라우디아의 몸 하지만 마침내

천국의 창문

마리아 메르세데스 카란사

María Mercedes Carranza(1945~2003)

20세기 콜롬비아를 대표하는 시인. 주요 시집으로『이런저런 시』
(1972),『난 무서워』(1983),『안녕, 고독』(1987),『실연의 방법들』
(1993),『사랑과 실연, 그리고 또 다른 시들』(1995),『파리의 노래』
(1997) 등이 있다. 유고 시집『진정한 쾌감』에는 미출간된 시 다섯 편
이 실렸으며, 이후 이 시들은 그녀의『시 전집』(2019)에 수록되었다.
시인 호세 아순시온 실바를 기리며 '시의 집 실바'를 설립하여 시를
지키고 홍보하고 배급하는 데 큰 노력을 기울였다.

La patria

Esta casa de espesas paredes coloniales

y un patio de azaleas muy decimonónico

hace varios siglos que se viene abajo.

Como si nada las personas van y vienen

por las habitaciones en ruina,

hacen el amor, bailan, escriben cartas.

A menudo silban balas o es tal vez el viento

que silba a través del techo desfondado.

En esta casa los vivos duermen con los muertos,

imitan sus costumbres, repiten sus gestos

y cuando cantan, cantan sus fracasos.

Todo es ruina en esta casa,

están en ruina el abrazo y la música,

el destino, cada mañana, la risa, son ruina

조국

식민지풍의 두꺼운 벽과 진달래 가득한
아주 19세기적인 마당이 있는 이 집은
수백 년 전부터 망가지고 있다.
아무 일도 아니라는 듯, 사람들은 무너지는
방으로 오가고,
사랑을 나누고, 춤을 추며, 편지를 쓴다.

때때로 총알이 휘파람 분다. 아니 아마도
구멍 난 지붕 사이로 부는 바람의 휘파람일지도.
이 집에서 산 이들은 죽은 이들과 잠자고,
그들의 습관을 흉내 내고, 그들의 몸짓을 반복하고
그들이 노래하면, 그들은 실패와 좌절을 노래한다.

이 집의 모든 건 폐허,
포옹과 음악도 허물어지고,
운명과 매일매일의 아침, 그리고 웃음도 폐허이며,

las lágrimas, el silencio, los sueños.

Las ventanas muestran paisajes destruidos,

carne y ceniza se confunden en las caras,

en las bocas las palabras se revuelven con miedo.

En esta casa todos estamos enterrados vivos.

눈물과 침묵과 꿈도.

창문은 파괴된 풍경을 보여 주며,

살과 재는 얼굴에 뒤섞여 있고,

입에서는 말들이 두려움에 사로잡혀 뒤범벅된다.

이 집에서 우리는 모두 산 채로 매장되어 있다.

다리오 하라미요 아구델로

Darío Jaramillo Agudelo(1947~)

콜롬비아에서 사랑의 시를 혁신한 시인으로 평가받는다. 주요 작품으로 『이야기들』(1974), 『수사학 개론』(1978), 『러브 포엠』(1986), 『눈에서 입으로』(1995), 『노래하기 위해 노래하기』(2001), 『고양이』(2005), 『음악 공책』(2008), 『단지 우연』(2011), 『몸과 또 다른 것』(2016) 등이 있다. 『몸과 또 다른 것』으로 2017년 콜롬비아 문화부에서 수여하는 국가 시문학상을 받았고, 2018년에는 스페인 그라나다 시에서 주는 페데리코 가르시아 로르카 국제 시문학상을 받았다. 소설과 산문집도 출판했다.

Poemas de amor, 13

Primero está la soledad.

En las entrañas y en el centro del alma:

ésta es la esencia, el dato básico, la única certeza;

que solamente tu respiración te acompaña,

que siempre bailarás con tu sombra,

que esa tiniebla eres tú.

Tu corazón, ese fruto perplejo, no tiene que agriarse con

tu sino solitario;

déjalo esperar sin esperanza

que el amor es un regalo que algún día llega por sí solo.

Pero primero está la soledad,

y tú estás solo,

tú estás solo con tu pecado original −contigo mismo−.

Acaso una noche, a las nueve,

aparece el amor y todo estalla y algo se ilumina dentro

de ti,

러브 포엠 13

처음에 고독이 있다,

영혼의 안과 가운데에.

이것이 본질이며 기초 자료이고 유일한 확신,

그건 오로지 그대의 숨소리만이 그대와 함께하며,

항상 그대는 그대의 그림자와 춤을 출 것이고,

그 어둠은 그대라는 것.

그대의 마음, 그 당황스러운 열매가 그대의 고독한 운명을 쓰라리게 하지는 말라.

그냥 기다리게 하라, 사랑은 언젠가 알아서 도착하는

선물이라는 희망을 품지 않고.

그러나 처음에 고독이 있고,

그대는 혼자이며,

그대는 원죄와 함께, 그대 자신과 함께 홀로 있다.

아마도 어느 날 밤, 9시에

사랑이 나타나 모든 게 폭발하며 그대 안에서 무언가가 빛나면,

y te vuelves otro, menos amargo, más dichoso;

pero no olvides, especialmente entonces,

cuando llegue el amor y te calcine,

que primero y siempre está tu soledad

y luego nada

y después, si ha de llegar, está el amor.

그대는 덜 슬프고 더 행복한 누군가가 되리라.

하지만 잊지 말라, 특히 그때를,

사랑이 와서 그대를 태워 재로 만들 때,

처음에, 그리고 항상 사랑이 있다는 걸,

그다음에 무無가,

그리고 그다음에 무가 오게 되면, 사랑이 있다는 걸.

피에다드 보네트

Piedad Bonnett(1951~)

현재 콜롬비아를 대표하는 시인. 주요 작품으로 『원과 재에 대해』(1989), 『집 안에는 아무도』(1994), 『세월의 실』(1994, 콜롬비아 문화부의 국가 시문학상 수상), 『그 슬픈 짐승』(1996), 『모든 정부情夫는 전사들』(1998), 『약자의 계략』(2004), 『유산』(2008), 『요구하지 않은 설명』(2011, 쿠바 아메리카의 집 시문학상 수상), 『거주자들』(2016, 스페인 27세대 시문학상 수상) 등이 있다. 이 외에 장편소설과 단편소설, 희곡과 회고록을 썼다.

Las cicatrices

No hay cicatriz, por brutal que parezca,

que no encierre belleza.

Una historia puntual se cuenta en ella,

algún dolor. Pero también su fin.

Las cicatrices, pues, son las costuras

de la memoria,

un remate imperfecto que nos sana

dañándonos. La forma

que el tiempo encuentra

de que nunca olvidemos las heridas.

흉터

아무리 끔찍해 보여도, 아름다움을
담지 않은 흉터는 없다.
거기에는 부정할 수 없는 이야기가,
고통이 있다. 하지만 그 고통의 끝도.
그래서 흉터는 기억의
솔기들,
불완전한 마무리는 우리를 상처 입히면서
치유한다. 그것은 바로
우리가 절대로 상처를 잊지 않도록
시간이 찾아낸 방법.

로물로 부스토스 아기레

Rómulo Bustos Aguirre(1954~)

콜롬비아의 해안 지방을 대표하는 시인. 주요 작품으로 『하느님의 검은 인장』(1988), 『사랑의 태음월』(1990), 『천국의 뒤뜰에서』(1993, 콜롬비아 문화부의 국가 시문학상 수상), 『갈증의 계절』(1998), 『산 제물』(2004), 『고래의 죽음과 공중 부양』(2009, 마드리드의 콤플루텐세 대학의 블라스 데 오테로상 수상), 『끊임없는 눈동자』(2013), 『공중의 집』(2017) 등이 있다. 2019년 시선집 『파리와 천사에 대해』(2018)로 콜롬비아 문화부의 국가 시문학상을 또다시 받았다.

Mantarraya

Por algún divertido arreglo

los dos muchachos han dividido en dos

                    la mantarraya

como si fuera una hoja de papel

y ahora cada uno lleva su parte

                    colgando de la mano

Ya nada queda de la gracia que el animal

                exhibe en los acuarios

Ondeando, sumergiéndose, elevándose en el agua

todo su cuerpo como dos extrañas alas

Mientras la ofrecen a lo largo de la playa

                    los dos muchachos

aseguran que con ella se prepara un excelente

                y vigorizante cocido

쥐가오리

재미 삼아 동의하여

두 청년은 둘로 나누었다

                              쥐가오리

마치 한 장의 종이였다가 이제는

각자가 자기 몫을 갖고 다니는

                     손에 매달려

이제는 그 동물이 수족관에서 보여 주는

                     재미와 신기함이 하나도 없다

물속에서 물결치며 잠수했다가 솟아오르면서

그의 온몸은 두 개의 이상한 날개

해변을 따라 그 모습을 보여 주면서

                     두 청년은

그것으로 아주 훌륭하고 정력에 좋은 생선찜을

                     만든다고 확신한다

Las dos partes siguen vivas

A veces una de ellas levemente se estremece

      y aletea como si una parte reclamara la otra

O como si conservara alguna oscura memoria

      de su vuelo

두 개의 몸은 계속 살아 움직인다

때때로 둘 중 하나는 가볍게 몸을 떨고 날갯짓한다
　　한쪽이 다른 쪽을 부르는 것처럼

또는 자기 항로를 희미하게
　　　　　　기억하는 것처럼

윌리암 오스피나

William Ospina(1954~)

주요 시집으로 『모래의 실』(1986), 『용의 달』(1991), 『바람의 나라』(1992, 콜롬비아 문화부의 국가 시문학상 수상), 『비르히니아는 물 쪽으로 걸으면서 누구와 말하는 것일까?』(1995), 『아프리카』(1999), 『시 모음집』(2017), 『산세티』(2018) 등이 있다. 또한 소설과 산문 작가이기도 하다. 소설 『계피의 나라』(2008)로 2009년 로물로 가예고스상을 받았다.

El amor de los hijos del águila

En la punta de la flecha ya está, invisible, el corazón del pájaro.

En la hoja del remo ya está, invisible, el agua.

En torno del hocico del venado ya tiemblan, invisibles, las ondas del estanque.

En mis labios ya están, invisibles, tus labios.

독수리 아이들의 사랑

화살촉 끝에는 이미, 눈에 보이지 않게, 새의 심장이
있다.

노의 물갈퀴에는 이미, 눈에 보이지 않게, 물이 있다.

사슴 콧등에는 이미, 눈에 보이지 않게, 저수지의 물결이
떨고 있다.

내 입술에는 이미, 눈에 보이지 않게, 네 입술이 있다.

프레디 치칸가나

Fredy Chikangana(1964~)

케추아어 이름은 위냐이 말키Wiñay Malki이며, '시간 속에 머무르는 뿌리'라는 의미이다. 야나코나 미트마크 원주민 국가 태생이다. 주요 시집으로 『무방비 밤의 별새와 또 다른 불의 노래들』(2009)과 『몽상의 샘물 속에 있는 새의 영혼』(2010)이 있다. 1995년 콜롬비아 국립대학 시문학상을 받았으며, 2008년 이탈리아에서 노시데 시문학상을 받았다.

Puñado de tierra

Me entregaron un puñado de tierra para que ahí viviera.

«Toma, lombriz de tierra», me dijeron,

«Ahí cultivarás, ahí criarás a tus hijos,

ahí masticarás tu bendito maíz».

Entonces tomé ese puñado de tierra,

lo cerqué de piedras para que el agua

no me lo desvaneciera,

lo guardé en el cuenco de mi mano, lo calenté,

lo acaricié y empecé a labrarlo...

Todos los días le cantaba a ese puñado de tierra;

entonces vino la hormiga, el grillo, el pájaro de la noche,

la serpiente de los pajonales,

y ellos quisieron servirse de ese puñado de tierra.

Quité el cerco y a cada uno le di su parte.

Me quedé nuevamente solo

con el cuenco de mi mano vacío;

한 줌의 흙

내게 한 줌의 흙을 주었다, 여기에 살라고.
"받아, 지렁이야." 내게 말했다.
"여기서 농사짓고, 여기서 네 아이를 키우고,
여기서 네 축복받은 옥수수를 씹도록 해."
그래서 나는 한 줌의 흙을 받아,
물이 흙을 쓸어 가지 못하도록,
돌로 에워쌌고,
손바닥에 얹어 따스하게 했고,
어루만지고 경작하기 시작했으며…
매일매일 한 줌의 흙에 노래했더니,
개미가, 귀뚜라미가, 밤새가 오더니,
잡목이 우거진 곳에서 뱀이 왔고,
모두가 한 줌의 흙을 이용하고자 했다.
나는 울타리를 치우고, 각자에게 그들 몫을 주었다.
다시 나는 혼자가 되었고,
내 손바닥에는 아무것도 없다.

cerré entonces la mano, la hice puño y decidí pelear

por aquello que otros nos arrebataron.

그러자 손을 쥐어 주먹을 만들고서 싸우기로 했다,

다른 사람에게 빼앗긴 것을 되찾기 위해.

콜롬비아를 노래한 여러 바람

후안 펠리페 로블레도
카탈리나 곤살레스 레스트레포

Juan Felipe Robledo

시인이자 수필가. 현재 보고타 소재 하베리아나 대학 문학부 교수로 재직 중이다. 주요 시집으로 『아침에 대해』, 『시간의 음악』, 『포기의 선물』, 『저 높은 곳의 빛』, 『밤에 지도를 그리면서』, 『감사의 나날들』, 『영혼이라는 말을 사용하는 곳』 등이 있다. 멕시코 치아파스 주의회가 문화와 예술 분야에 수여하는 하이메 사비네스 국제 시문학상(1999)과 콜롬비아 문화부의 국가 시문학상(2001)을 받았다.

Catalina González Restrepo

시인이자 출판인. 주요 시집으로 『도주 열망』(2002), 『마지막 전투』(2010), 『두 배나 더 외국인들』(2019) 등이 있다. 그리고 시선집으로 『(소금물로 지은) 여섯 개의 작은 노래들과 또 다른 시』(2005)와 『하나의 단어가 밤 한가운데서 빛난다』(2012)가 있다.

이 선집에는 20세기를 대표하는 콜롬비아 시 열두 편이 수록되어 있다. 콜롬비아의 다양한 목소리와 다양한 지역, 다양한 전통을 반영한 이 선집에서 우리는 시인들이 콜롬비아와 콜롬비아의 관심사에 대해 어떻게 썼는지 음미할 수 있다. 그들은 고통과 욕망이 생생하게 얽혀 있는 곳에서 삶과 밤, 자연과 사랑, 말과 유산, 조국과 고독, 기억과 폭력을 다양한 어조로 노래한다.

20세기가 밝아 올 무렵에는 레온 데 그레이프León de Greiff(1895~1976)의 시가 가장 눈에 띈다. 그의 지성과 언어 유희, 그리고 창조적 열정은 콜롬비아의 시 전통에서 유일한 독특한 목소리가 되었다. 동시에 이런 목소리를 통한

감정 표현은 새로운 직관과 감각에 목말라하는 독자에게 암시적 의미로 가득한 독창적 표현이 가능함을 발견하게 해 준다.

그의 작품에는 단조롭고 따분한 세상과 시대에 관한 생각이 드러난다. 그러나 이것은 시의 음악적 힘으로 구원받는다. 그가 시에 녹여 낸 따분함과 불쾌감, 그리고 시대에 대한 혐오에서 그의 시어詩語가 어떻게 발전해 왔는지 알수 있다. 중세 시의 요소들과 신조어, 그리고 고어가 그 누구도 모방할 수 없는 그만의 고유한 문체를 이루기 때문이다. 열대의 지루함은 그의 초기 시에서 가장 끊임없이 등장하는 것 중 하나이다. 카우카강 근처의 조그만 마을인 볼롬볼로는 꿈과 환상의 시적 소재가 되어, 이토록 괴롭고 하찮은 일상에서 잠시라도 벗어나게 해 준다. 관능과 아이러니, 그리고 언어의 힘으로 자족적 현실을 창조하는 즐거움은 그가 시를 시답게 만드는 특유의 방식이다.

프랑스 시인 중에서 특히 프랑수아 비용François Villon (1431~?), 샤를 보들레르Charles Baudelaire(1921~1967), 아르튀르 랭보Arthur Rimbaud(1854~1891)의 작품은 특히 그가 즐겨 읽은 시집이다. 고전 음악의 전통적인 형식인 론도,* 스케르초,** 소나타는 음악 정신으로 서정적인 시를 쓰려는 그의 의지와 관련되며, 때로는 시의 제목이 되기도 한다. 안티오키아 민요 가수들의 전통을 재구성한 그의 이야기 시집은 대중적인 것과 서사시의 자연스러운 공존을 보여 준다.

아우렐리오 아르투로Aurelio Arturo(1906~1974)는 콜롬비아 남부에서 발하는 모든 색깔 중에서 특히 녹색에 생명을 불어넣는다. 그의 시에 담겨 있는 마법은 현실을 깊고 엄숙한 시선으로 응시하는 것에서 나온다. 그는 사랑으로 어린 시절의 세계를 파고들면서, 아름다움과 떼려야 뗄 수 없는 언어가 지닌 능력을 우리에게 되돌려 준다. 그 깊은 동굴로 시인은 불과 몇 가지 요소만 가져왔을 뿐이지만, 그것들은 결정적인 역할을 한다. 그의 작품을 특징짓는 경건하고 내밀한 태도로 그 몇 가지 요소 안에 오랫동안 머물면서 그것들을 정화하고 강화해서 우리에게 되돌려 준다.

그의 시 세계는 풍경에 대한 느낌과 생동하는 현실을 종교의 한 형태로 더욱 풍요롭게 그려 낸다. 그리고 콜롬비아 남부의 비옥한 풍경 안에 콜롬비아 국민의 신화적 기원을 서사한다. 그의 고향인 나리뇨는 한때 이상적인 왕국이었

---

* *rondo*. 처음 제시된 일정한 선율 부분이 주기적으로 반복되는 기악 형식.
** *scherzo*. 경쾌하고 익살스러운 분위기로 자유로운 형식을 가진 기악곡.

지만, 한편으로 도시 생활의 시작을 예고하기도 한다.

레바논 혈통인 메이라 델마르Meira Delmar(1922~2009)의 시는 고대의 사랑을 떠올린다. 그 사랑은 그녀가 태어나기 전부터 있었고, 그녀 조상들의 기원에 닿아 있어 그녀의 뿌리를 깨닫게 해 준다. 그리고 그 뿌리는 앞서 살았고, 세상을 살아나갈 방법을 나름대로 구체화했던 사람들에게로 그녀를 데려가면서, 바다를 건너 시의 힘으로 그녀가 삶을 어떻게 확인하는지 드러낸다.

신성함의 표현으로서의 창조의 아름다움, 혈통과의 재회, 세계의 원칙으로서의 자연의 조화, 신앙 고백으로서의 사랑은 그녀의 작품에서 반복되는 주제이다. 그녀 시가 구현하는 이미지들은 고통을 초월하고, 일상적으로 열망해 온 존재를 떨쳐 내면서 이루 형언할 수 없는 의미를 획득한다.

델마르의 시는 감각을 일깨우고 영적인 통찰력을 지니면서 완벽을 추구한다. 시적 시선은 이 세계와의 매우 미묘하고 명민한 소통을 지향한다. 그녀의 시학에는 양식화된 운문과 즉흥적인 이미지, 그리고 아름다움에 대한 헌신적 애정이 두드러진다. 그녀의 현실 이해에는 시간의 흐름과 지속되는 기억이 결정적이다.

메이라 델마르와 같은 시대의 시인인 마루하 비에이라 Maruja Vieira(1922~)는 콜롬비아 정치사와 문화사를 읊은 특별한 증인이다. 그녀는 당대의 문학계와 직업 세계에서 성공적으로 길을 닦아 나간 얼마 안 되는 여성 중 한 명이다. 그리고 '로스 콰데르니콜라스Los Cuadernícolas' 그룹의 일원이었고, 콜롬비아와 베네수엘라의 언론계에서도 활동했다.

사랑은 그녀 작품의 중심이다. 또한 작품에서 고향과 어린 시절, 부모, 인생의 대부분을 보낸 보고타에서 경험한 세월, 포파얀과 칼리에서의 시간을 포함해, 여행과 친구, 독서와 침묵, 지구와 조국에 관한 관심을 보여 준다. 비에이라는 자기 작품을 '저널리즘 시'라고 부른다. 대개는 그녀의 삶에서 일어난 사건에 관한 이야기를 작품에 담기 때문이다. 그래서 그녀의 시는 연대기, 혹은 기사이다. 콜롬비아의 유명한 문학 비평가 하이메 메히아 두케Jaime Mejía Duque에 따르면, 그녀 시학의 특징은 경제성과 단순함이다.

안티오키아 출신인 마리오 리베로Mario Rivero(1935~ 2009)는 수많은 직업을 전전했다. 예를 들어 탱고 가수, 농부, 서적 외판원 등의 직업을 거쳤다. 기도 타마요Guido Tamayo와의 대화집 『나는 시인이기 때문에*Porque soy un* *poeta*』(2000)에서 밝힌 바에 따르면, 그는 아주 젊은 나이에 한국전쟁에 참전했으며, 이 경험만으로도 이 아시아 국가인 한국과 가장 밀접한 관련을 맺은 콜롬비아 시인이다. 리베로는 시 「운명」에서 그가 신비주의적인 시선을 갖게 된 경험과 하느님이 존재한다는 계시를 받은 경험을 언급한다. "불과 열여덟 살의 나이에 그는 자원 입대했다/ 머나먼 전쟁터에서 싸우려고./ (…) 그러자 그는 그렇게 했을 시인이 또 있는지 생각한다/ 그곳에, 영웅 없는 그 무대에/ 있어 본 시인이 없었다./ 그처럼 탈영해서 뛰는 데 지쳐 버린/ 다른 비슷한 나이의 소년들과 함께/ 생생한 언어를 배우면서./ 그의 입술에서는 어떤 말이 태어났을까?"

리베로의 시는 매일매일의 일상 세계, 비가 자주 내리는 절망적인 보고타의 거리, 회색 시멘트와 침대 시트에 묻은 정액, 퇴근 후 '환상 신발'을 사려는 손님들이 줄을 서는 어느 가맹점의 여점원, 그리고 낡아 빠진 보도를 오가는 쓸모없는 사람들에 대해 말한다. 동시에 그는 더 일상적이고 더 평범하며 더 통속적으로 보이는 것을 노래하여 형식을 부여하고 기억을 남기고자 한다. 리베로가 시에서 펼치는 연금술은 우리의 기분을 돋우며, 그의 시 「유산」에서 확인하듯이 모든 것이 파괴되었을 때 우리 곁에 남아 있게 될 것이 무엇인지 깨닫게 해 준다.

「이방인의 노래」는 아마도 지오반니 케세프Giovanni Quessep(1939~)의 가장 널리 알려진 시로, 여러 언어로 번역된 작품이다. 여기서 우리는 다른 세계에서 온 듯한 음악을 만난다. 그의 시는 우리가 당면한 현실 너머에 있는 무엇인가를 찬양하면서, 일종의 연금술처럼 정원과 성(城)을 떠올리게 한다. 이런 연금술을 통과한 시어들은 본디의 명백한 의미를 지니는 말이면서도 또한 다른 무엇이기도 하다. 그것은 훌륭한 글쓰기와 진정성을 통해 그가 이루어 낸 것으로, 사랑에 내재하는 불가사의를 표현한 것이라고 말할 수 있다. 이것이 바로 그의 시가 독자에게 감동을 선사하는 핵심 요소이다.

케세프의 시에는 항상 네 개의 이미지가 등장한다. 바로 아몬드 나무, 수조水槽, 새와 정원이다. 이 네 요소는 아랍 전통이 깃든 세계로 우리를 안내한다. 감청색 보석인 청금석은 이국성을 지향하던 모데르니스모* 시의 취향에서 비롯된 것이 아니라, 앞에서 말한 아랍 전통 때문인 것 같다. 그가 상징하는 우주는 자연과 문화의 힘을 따르는데, 이것

* 19세기 말부터 20세기 초까지 스페인어권에서 일어난 문학운동. 니카라과 시인인 루벤 다리오Rubén Darío가 시집 『푸름Azul』을 발표하면서 시작되었다.

들은 스스로 추방당했다고 느끼고 언어를 욕망하며 상상하는 시 속의 풍경과 조화를 이룬다.

그의 가족은 레바논의 전설적인 도시 비블로스 인근 마을인 바이브 출신이다. 동양과 서양 두 세계가 공존하는 가운데 거대한 서정성을 지닌 시가 탄생한 셈이다. 공존하는 두 세계에서 노래를 소환하는 힘은 완전히 없어진 세계의 모습을 그려 보이지만, 단지 시인의 말 안에서만 존재하는 것처럼 느껴진다. 그것은 고통과 체념 속에서 엄격한 습작과 훈련을 통해서만 시인이 정복할 수 있는 세상이다. 포도주색의 바다는 호메로스의 포도주 같은 문학의 바다이지만, 또한 그의 조부모의 지중해이기도 하다. 그의 시는 내밀함이라기보다는 동서양 문화의 불멸성과 두 문화에 공존하는 감수성으로 특징지어진다.

마리아 메르세데스 카란사María Mercedes Carranza(1945~2003)는 꿈과 고뇌를 현대적으로 표현할 방법을 찾고자 부단히 노력했던 시인 세대에 속한다. 이 시인들은 '이름 없는 세대'라고 불리거나 '주사위 던지기' 그룹으로 명명된다. 이 이름은 보고타 출신의 카란사와 그녀의 가장 가까운 친구였던 마리오 리베라가 창간하고 이끈 동명의 잡지를 기리는 의미로 붙인 것이다. 마리아 메르세데스 카란사는 환상이 돌이킬 수 없이 매장되어 버린 것처럼 보이는 이 시대의 독자들에게 친근하고 편안한 언어로 시를 쓰려는 진정한 욕망을 '이름 없는 세대'의 여러 시인과 함께 공유한다.

마리아 메르세데스 카란사 시의 주요 특징으로는 엄격하고 정확한 표현, 적지만 의미 있는 이미지들로 세계를 소환하는 능력, 참되지만 결코 과시하지 않는 시적 전통에 대한 지식, 우리의 두려움과 한계가 갖는 고유의 상태와 본질을 명료하고 가차 없이 바라보는 시선을 들 수 있다. 씁쓸한 미소는 위안을 주려는 것 같으면서도 결국은 덧없음을 드러내고, 쓰라리고 통렬한 심정은 마음의 무게를 재고서 그것이 텅 비어 있음을 깨닫는 것으로 표현된다. 또한 진실이 아니고는 표현할 수 없는 것에 관해 말하도록 하는 기적이 반복적으로 나타난다. 여기서 진실은 조심스럽게 그림자 사이를 살펴보는 것으로, 그리고 아무것도 숨기지 않은 거울에 우리가 얼굴을 비춰 보게 하는 것으로 표현된다. 잿빛을 띤 고통스러운 콜롬비아, 육체의 욕망, 사랑의 결핍, 시, 어린 시절, 폭력, 미각이 주는 기쁨은 그녀의 작품에서 발견되는 힘이다.

같은 세대의 시인인 다리오 하라미요 아구델로Darío Jaramillo Agudelo(1947~)는 항상 "시의 원천으로서 일반인의 말"에 관심이 있었고, 이런 이유로 그의 시는 많은 독자의 마음을 사로잡았다. 가장 널리 알려진 시집 『러브 포엠 *Poemas de amor*』은 1989년 '시의 집 실바Casa de Poesía Silva' 가 주최한 대회에서 1만 7천이 넘는 표를 받아 콜롬비아에서 가장 뛰어난 사랑의 시로 선정되었다. 이 시집에 수록된 열세 번째 시에서 볼 수 있듯이 그의 작품에는 고독과 사랑의 불가능성도 나타난다. 하라미요는 유머와 아이러니를 통해 악취미와 싸운다. 그의 시에는 우리 모두에게 감동을 주는 단어들이 있고, 따라서 그의 시는 사랑에 빠진 연인들, 그리고 사랑과 망각 사이를 힘들게 오가는 사람들 모두에게 길잡이가 될 수 있다.

그의 최근 시집에 실린 속세를 떠난 은수자隱修者가 쓴 시는 말이 시작이 아닌 세상을 발견하고 이를 노래한다. 그 세상에서 말은 미끄러짐이자 속삭임, 그리고 얼굴을 애무하는 물이다. 은수자는 하느님의 현존을 의심하지 않지만, 다른 사람들이 그를 지칭하는 형태에 대해서는 의문을 품는다. 그들은 최고의 방탕과 유흥을 알고 있는 금욕주의자, 은총의 축복에 대해 알고 있는 불가지론자, 수줍고 자신을 좀처럼 드러내지 않는 음악광, 감사해하면서 동시에 건망증이 심하며 서글서글한 사람이다. 그는 아무도 모르는 강의 굽이진 곳을 음미하는 시인인데, 그곳은 호들갑스럽게 감정을 표현하지 않고도 기쁨을 만끽할 수 있는 장소이다. 마지막으로 출간한 시집 『몸과 또 다른 것*El cuerpo y otra cosa*』에서 시인은 죽음을 정면으로 응시하지만, 사랑을 잊지 않는다.

피에다드 보네트Piedad Bonnett(1951~)의 시 역시 일상 언어를 사용하고 엄숙한 문체와 거리를 두면서, 콜롬비아 전통 속에서 확립된 모델을 뛰어넘는다. 그녀의 시어는 갈수록 탈중심화되며 아이러니가 강해진다. 예를 들어 지루함, 상투적인 언어, 감정의 유형별 분류 같은 것에 반발하면서, 시에서 모든 상징적 인위성을 제거한다. 관용어구, 아이러니, 선전 문구, 저널리즘 언어, 농담, 블랙 유머, 풍자는 그녀의 글쓰기를 보여 주는 몇 가지 요소들이다. 그녀의 시학에서 에로티시즘은 은유로 변형된 성욕으로 표현된다.

보네트의 작품은 스페인, 멕시코, 쿠바 등에서 국제적으로 인정받고 있다. 가장 최근 시집인 『거주자들*Los habitados*』은 그녀 스스로 지칭하듯이 "파산한 사람들, 고질적인 사람들, 슬픔에 빠진 사람들"에게 목소리를 주고, 동시에 두려움과 광기, 자살과 밤과 침묵, 그리고 당연히 글쓰기에 대해 숙고한다. 그러면서 형언할 수 없는 것을 어떻게 말하고, 시에서 어떻게 죽은 아들과의 대화를 회복할 수 있을지 생각한다.

로물로 부스토스 아기레Rómulo Bustos Aguirre(1954~)의 시에서 독자는 완전히 사라진 머나먼 비행에 대한 희미한 기억, 언젠가 수면 위의 세계를 알게 되어 불가능한 것을 동경했던 쥐가오리의 기억을 볼 수 있다. 그 안에서 우리는 물리적으로 모든 것이 완전히 투명한 세계에 살고 있음을 알게 된다. 하지만 그것 이외에도 우리가 얼핏 볼 수 있는 또 다른 무엇이 있는데, 그 무엇은 바로 현실의 신성한 상징, 즉 겉모습이 우리를 엄청나게 당황하게 만들어 현실을 가려 버린 것이다. 그의 작품에서 발견하는 확실한 사실 하나는 최초의 상처이다. 시인은 이 상처를 '하느님의 검은 인장'이라고 부른다. 그리고 이 상처를 통해 우리가 태초의 불안감을 느끼는 사람임을 알아야 한다고 주장한다. 아이러니, 공포, 더러움과 희생 같은 단어가 시의 핵심 주제어이지만, 영원과 사랑, 심령 현상과 형이상학 역시 중심 범주를 이룬다. 이를 통해 시인은 우리의 실수와 몰락이라는 불안하고 전혀 너그럽지 않은 이런 세계관을 이해하게 해 준다.

이 성찰과 매혹이 가득한 시가 불러들이는 세계는 바로

카리브해, 그의 청소년과 청년, 그리고 중년의 시기이다. 여기서 잊혀 버린 부패와 영광, 의미와 기이한 초시간성이 신학적 속임으로 가득한 유의미한 뒤틀림 속에 구현된다. 그런데 이 신학적 속임은 그의 시에 담긴 초월적 세계의 핵심인 사물의 본질적 의미를 드러내는 듯이 보인다. 그렇다고 우리를 혼란스럽고 역설적인 존재로 조각하는 진흙 속에서 살기를 거부하는 건 아니다. 어쩌면 이렇게 로물로 부스토스 아기레의 시가 이교도 신비주의에 다가가고 있는 것은 아닐까.

월리암 오스피나William Ospina(1954~)의 작품은 우아한 표현을 숭앙하며, 동시에 일종의 영속성도 찬미하면서 역사의 강에 예술 담론을 담군다. 그의 뛰어난 시들은 기억 속에 남아 있고, 혼혈로 이루어진 아메리카의 현실을 꿰뚫어 보며, 목소리의 미로로부터 모순과 공포와 연대감을 다시 읽어 내려 한다. 그 목소리는 위대하면서도 비참한 인간 존재의 마지막 구석구석까지 철저히 살펴본다.

혼혈의 아메리카, 그것은 그가 시에서 여러 차례 노래한 바람의 나라이다. 그의 시는 약탈당하고 수모를 입은 라틴 아메리카 대륙에 생명을 불어넣는 근본적인 욕망에 대해 말하지만, 우리가 매일매일 우리 내면의 힘으로 행복해질

수 있는 존재로 우리 자신을 재발견할 수 있음을 보여 준다. 오스피나의 작품에서 보이는 여러 문화와의 끊임없는 대화는 찬양받아 마땅할 흥미로운 지식과 학식으로 무장한 보편적 유산과 같다. 이 보편적 유산은 현실을 바라보는 여러 관점 사이에 낀 어중간한 콜롬비아인, 더 넓게는 라틴아메리카 사람이라는 조건을 깨닫게 하는 언어 형식을 요구한다. 그것은 바로 대립하는 세상들이 그대로 공존해야 한다는 사실을 이해하는 것이다. 하지만 그렇다고 힘차고 혼란스러우며 모순적인 복합성을 지닌 라틴아메리카 사람의 기질을 버리자는 것은 아니다.

마지막으로 프레디 치칸가나Fredy Chikangana(1964~)는 원주민 시인으로, 콜롬비아와 라틴아메리카 원주민 부족의 투쟁과 저항을 노래한다. 그는 원주민 부족에게 "시는 항상 세상에 이름을 붙이는 형태로 존재했다. 시는 자연과 핵심 요인들과 관계를 맺으며 존재할 수 있었다."라고 인정한다. 그들에게 시는 공동체의 상징에 이름을 붙이고 영적 수준을 강화하는 노래이다. 그래서 구전문학은 아직 글로 쓰이지 않은 구전하는 이야기이며, 말과 글의 가교이고, 원주민 사회의 말과 글로 쓰인 문화의 가교이다. 이 구전문학은 구전을 전통으로 삼지 않은 사회에서도 충분히 읽어

봐야 할 만큼 많은 것을 시사한다.

케추아 부족 출신인 그의 세계관에는 태양, 물, 비, 우주, 꿈, 죽은 사람들, 보이는 것과 보이지 않는 것이 모두 존재하지만, 또한 보편적 요소를 채택한 말을 가지고 그는 다른 환경에 있는 사람들과 대화하고 그들에게 희망을 준다. 그는 시를 통해 균형 잡힌 세상을 만드는 데 일조한다. 그는 시에서 자신의 조상들에 대해 말한다. 그들의 목소리는 빼앗긴 한 줌의 땅을 돌려 달라고 요구한다.

다양한 기원과 전통을 지닌 열두 명의 목소리가 담긴 이 선집에서 우리는 콜롬비아 시가 시공간을 가로질러 수천 년 이어 온 전통과 어떻게 연결되어 있는지 알 수 있다. 이 선집은 우리가 또 다른 세계로 더 가까이 다가갈 원동력이며, 시를 통해 두 세계를 잇는 가교이기도 하다. 이 선집이 한국어로 번역되었다는 것이 이 가교를 더욱 굳건하게 만들었음을 밝히고 싶다.

옮긴이 송병선

콜롬비아의 하베리아나 대학에서 문학 박사 학위를 받았으며, 같은 대학에서 전임교수로 일했다. 현재는 울산대학교 스페인·중남미학과 교수로 재직 중이다. 저서로 『가르시아 마르케스』, 『라틴아메리카 문학과 한국전쟁』, 『보르헤스의 미로에 빠지기』 등이 있으며, 옮긴 책으로는 『거미여인의 키스』, 『콜레라 시대의 사랑』, 『족장의 가을』, 『픽션들』, 『알레프』, 『염소의 축제』 등이 있다. 제11회 한국문학번역상을 수상했다.

콜롬비아 대표 현대시선

우리가 노래했던 바람

2022년 5월 25일 초판 1쇄 인쇄
2022년 6월 10일 초판 1쇄 발행

지은이 레온 데 그레이프 외
옮긴이 송병선
편집 최세정·이소영·엄귀영·김혜림
표지디자인 이지선
본문디자인 김진운
마케팅 최민규

펴낸이 고하영
펴낸곳 (주)사회평론아카데미
등록번호 2013-000247(2013년 8월 23일)
전화 02-326-1545
팩스 02-326-1626
주소 03993 서울특별시 마포구 월드컵북로6길 56
이메일 academy@sapyoung.com
홈페이지 www.sapyoung.com

ISBN 979-11-6707-064-7 03800